UNDERLAND CHRONICLES I

地下城

光明勇士

GREGOR THE OVERLANDER

[美] 苏珊 · 柯林斯 (Suzanne Collins) 著
黄静雅 译

新世界出版社
NEW WORLD PRESS

图书在版编目（CIP）数据

地下城·光明勇士／（美）柯林斯著；黄静雅译．—北京：新世界出版社，2013.7
ISBN 978－7－5104－3845－5

Ⅰ．①地…　Ⅱ．①柯…　②黄…　Ⅲ．①儿童文学－长篇小说－美国－现代　Ⅳ．①I712.84

中国版本图书馆 CIP 数据核字（2013）第 152395 号

著作权合同登记号：图字 01－2013－5180
GREGOR THE OVERLANDER

地下城·光明勇士

作　　者：（美）苏珊·柯林斯　译　　者：黄静雅
选题策划：今古传奇文化　责任编辑：丁媛媛
文字统筹：吴晓龙　封面设计：刘　军
责任印制：李一鸣　黄厚清　出版发行：新世界出版社有限责任公司
社　　址：北京西城区百万庄大街 24 号（100037）
发 行 部：（010）6899 5968　（010）6899 8733（传真）
总 编 室：（010）6899 5424　（010）6832 6679（传真）
http：//www.nwp.cn　http：//www.newworld-press.com
版 权 部：+8610 6899 6306　版权部电子信箱：frank@nwp.com.cn
印　　刷：三河市骏杰印刷厂　经　　销：新华书店
开　　本：880mm×1230mm　1/32
字　　数：160 千字　印　　张：9
版　　次：2013 年 9 月第 1 版　2013 年 9 月第 1 次印刷
书　　号：ISBN 978－7－5104－3845－5
定　　价：28.00 元

献给我的妈妈和爸爸

序 言

文 / 简·费威尔

读者朋友们,我要向你们坦白,作为一个学术出版人兼总编,其实我并不是特别喜欢奇幻小说。读者们对这种类型的小说喜爱有加,但我只把阅读此类小说当成职业需求,而非个人兴趣。

我就是这样一个人，你可以想象一下，当莉斯·萨夫拉——学术出版社的编辑主任——把《地下城·光明勇士》这本书放到我面前时我的感受。她把这本书称为这么多年来她读到的最好的个人小说,还一个劲把书往我手里塞。我一直拖着，没有立即开始读这卷草稿——这书和作者本人是通过一名书商特别介绍给我们的,离新书拍卖会的最后期限还有一段间。

我想我和这本书后来发生的故事,你们都应该知道了。开始读第一章后,我就被深深地吸引了:一个男孩为了完成自己的使命,来到纽约的地下世界,开始了一段危险的探索旅程。苏珊·柯林斯写出了一个风趣卓越的冒险故事——要是她能吸引住我,我想无疑所有的中年读者也都会被这个精彩纷呈的故事深深吸引。

在市场宣传中,《地下城·光明勇士》并没有占得先机,我们也没为这本书进行大张旗鼓的促销。但你知道吗?好书永远都是好书。这本书大受欢迎，这局面是由书商、图书馆员工、教师——当然,还有年轻的读者带来的。那么,你准备好阅读本季最惊心动魄的探索故事了吗?

享受阅读吧!

第一部分
掉入

格雷戈尔头抵着纱窗，过了许久，感到眉毛上被印出了小小的格纹。他摸了摸额头上的小包，抑制住想要大声尖叫的冲动。那股冲动在他胸口压抑了很久，要等到真正紧急的时候才会得以释放，比如——你手无寸铁地跑到一头剑齿虎跟前，或是你正处于冰河世纪，手里的火却熄灭了。格雷戈尔张开嘴，深深吸了一口气，又让头重重地落到纱窗上，只发出了一声饱含着挫败感的“唉”声。

大喊大叫又有什么意义呢？这个举动改变不了什么。改变不了炎热，改变不了无聊，也改变不了横亘在眼前这无穷无尽的夏日。

他想，要不把小靴子——他两岁大的妹妹——叫醒算了，让她陪自己消遣一会儿。但格雷戈尔并没这么做,还是让她继续睡觉,至少她现在睡在凉爽的空调卧室里。那个房间平时就由小靴子、她七岁的姐姐莉兹,以及祖母一块住着。这套公寓只有这么一间空调房,晚上要是实在热得不行了,格雷戈尔就会和妈妈一起,在地板上铺上被单睡觉。只不过五个人挤在一间房里实在凉爽不起来,那滋味只能用“温热”来形容。

格雷戈尔从冰箱里取了一块冰,在脸上摩擦着。他向院子看去,一条流浪狗正在垃圾四溢的垃圾桶旁闻来闻去。爪子摁在桶边上,把垃圾桶弄翻了,人行道上垃圾随处可见。格雷戈尔不小心在墙边瞥见一对疾跑而过的影子,脸上露出厌恶的表情——是老鼠,他永远都无法习惯与这种生物共存。

这个院子可以说已经被荒弃了。平时,总充斥着孩子们的身影,不是玩球、跳绳,就是在爬梯上摇来晃去。但今天早上,一辆开往露营地的汽车把所有四至十四岁的孩子都带走了,只落下了一个。

“对不起,宝贝,你不能去。”格雷戈尔的妈妈好几个星期前就叮嘱过他了。格雷戈尔从妈妈的表情看出,她是真的觉得很抱歉。“我工作的时候,一定要有人来照顾小靴子,你和我都知道奶奶干不来这活儿。”

他当然知道了。去年,奶奶的意识一直都模糊不清。前一分钟她的大脑还像钟一样精准,下一分钟就把格雷戈尔喊作西蒙。西蒙又是谁？他完全不知道。

几年前，一切和现在都大不一样。妈妈那时只做兼职工作，爸爸则在中学教科学课，暑假时他在家，小靴子就由他来照顾。有天晚上，爸爸神秘失踪了，格雷戈尔在这个家里的角色也发生了转换。他是最大的孩子，很多职责都落到了他的肩上，而照顾小妹妹就是他的主要工作。

所以格雷戈尔只说了这么一句话："没问题，妈妈，况且只有小孩子才去参加野营。"他耸耸肩，表示十一岁大的自己已经不需要这项娱乐活动了。但不知怎地，妈妈的表情变得更悲伤了。

"你想让莉兹也待在家里吗？让她陪陪你？"

莉兹听到这个提议，脸上闪过一阵恐慌。要是格雷戈尔没有拒绝这个提议，她一定会大哭起来。"不了，让她去吧。我和小靴子会没事的。"他的话拯救了莉兹。

所以现状就是这样了。一点都不好，这下整个夏天他都被禁锢在家里，和一个两岁大的小婴儿以及老奶奶待在一起，奶奶还以为她的孙子是——

"西蒙！"奶奶的声音从卧室里传了过来。格雷戈尔无奈地摇摇头，但还是忍不住笑了。

午后的阳光从遮阳棚外透了进来，房间里充满了金色的光。奶奶躺在床上，身上盖着一条薄薄的棉被。被子上的每一块补丁都来自于奶奶多年来亲手缝制的裙子。奶奶神智稍微清醒些时，就跟格雷戈尔聊聊被子上补丁的来历。“这块带圆点的布是我十一岁时，参加露西的毕业典礼时穿的裙子；这块柠檬黄，是我的节日礼服；这块白的实际上是我结婚礼服的一角。我可一点儿都没骗你。”

而现在，奶奶显然并不清醒。“西蒙，”她一看到他，脸上的表情就放松了不少，“我想你可能忘记拿饭盒了，耕一会儿田你就会饿的。”

奶奶是在弗吉尼亚州的一座农场里长大，和爷爷结婚后来到了纽约，但她从未适应过纽约的生活。奶奶能在思绪里回到农场去，格雷戈尔有时替她暗自高兴，甚至还有些嫉妒。老是坐在公寓里一点意思都没有。现在，汽车应该已经到达营地了，莉兹和其他孩子应该——

“格格！”小靴子细小的声音短促地叫了起来。婴儿床的一边，冒出了一个毛茸茸的小脑袋。“我要出去！”小靴子把玩具小狗湿漉漉的尾巴塞在嘴里，伸着手要格雷戈尔抱她。格雷戈尔把妹妹高举在空中，往她的肚子上“噗”地喷了口气。小靴子立马咯咯地笑了起来，玩具狗掉在了地上。格雷戈尔便放下她，让她去拿小狗。

“别忘了你的帽子！”奶奶喊道。她还在弗吉尼亚的什么地方神游。

格雷戈尔抓着奶奶的手，试图吸引她的注意力，“想喝点凉的东西吗，奶奶？来杯老根啤酒怎么样？”

奶奶大笑起来，“老根啤酒？那是什么？是我生日吗？”这种问题究竟要怎么回答才好？

格雷戈尔捏了捏她的手，一把抱起小靴子，大声对奶奶说道：“我马上就回来。”

奶奶还在自顾自地笑个不停。“老根啤酒！”她边说边擦着眼泪。

格雷戈尔走到厨房，倒了一杯冰凉的老根啤酒，还给小靴子弄了一瓶奶。

“凉快！”小靴子的脸贴在玻璃杯上，欢快地叫道。

“是啊！小靴子，又好喝又凉快。”格雷戈尔说道。

一阵敲门声传来，吓了格雷戈尔一跳。门上的猫眼已经多年没用过了。他从门里向外喊道：“是谁啊？”

“亲爱的，是我，科尔马奇夫人。我跟你妈妈说过了，四点钟过来照顾你奶奶。”一个声音回应道。格雷戈尔想起自己还有一堆衣服要洗，科尔马奇夫人来了，他可以出去透透气了。

他打开门，发现科尔马奇夫人恹恹地站在热浪里。“你好啊，天气真糟糕，不是吗？跟你说，被烤的滋味可不好受！”她挤进公寓，用一块破旧的大手帕擦着脸，“哦，你真体贴，那是给我的吧？”格雷戈尔还没来得及说什么，她就将一大杯老根啤酒一饮而尽，那架势就像是在沙漠里流浪了很久刚返回来一样。

“当然啦！”格雷戈尔嘟哝一句，再次走回厨房，去倒了一杯啤酒。此时的他倒不怎么介意科尔马奇夫人的行为，她的到来对他来说是一种解脱。“好了，今天才第一天，我已经开始盼着去洗衣房了。”格雷戈尔暗自想，“等到了九月份接到电话账单时，我要欣喜地发狂了！”

科尔马奇夫人拿着空杯子，让格雷戈尔再给她来上一杯。“那么小先生，你什么时候才让我帮你算一卦塔罗牌呢？你知道，我这方面很有天赋的。”科尔马奇夫人在每家每户的邮箱上打广告，用塔罗牌给人算命，每次收费十美金。“我可不收你的钱。”她总是这么跟格雷戈尔说。但格雷戈尔从未接受过她的好意，他怕她会没完没了地问一大堆问题，尤其是关于爸爸的，而他却不知该如何回答。

他嘟囔着说了要洗衣服之类的话，就赶忙跑去收拾脏衣服了。他太了解科尔马奇夫人了，说不定她的口袋里就藏着一副塔罗牌呢。

格雷戈尔走到楼下的洗衣房，尽可能地把衣服分类。白色，暗色、彩色……可是小靴子的几条黑白条纹短裤该怎么办？他实在想不出该归于哪一类，便干脆把它们一起扔进了暗色衣服堆里。

他们一家人的衣服大都是灰色和黑色的——这种颜色经

得起时间考验，也好洗。格雷戈尔的所有短裤都是冬天穿的长裤改成的——在膝盖那儿剪一刀，就成了短裤。他也只剩几件合身的汗衫了，都是去年买的。但既然这一整个夏天他都将被困在公寓里，穿什么又有什么关系呢？

“球！”小靴子悲愤地大喊道，“球！”

格雷戈尔把手伸进几台烘干机之间的空隙里，拽出一只旧网球，扔了出去——小靴子特别喜欢追着球跑。他从烘干机里取出一团绒球，又把这团球扔了出去。小靴子像小狗一样追着球跑了起来。

“简直一团糟。”格雷戈尔暗想着，忍不住笑了出来，“真是个小脏孩儿！”小靴子的脸和衣服上，还残留着吃剩下的午饭、鸡蛋沙拉，以及巧克力布丁。她用可洗记号笔把自己的手涂成了紫色，格雷戈尔说不定得用磨砂膏才能将其洗掉。小靴子的尿布已经耷拉到膝盖上了，天气太热，给她穿短裤会把她闷坏的。

小靴子拿着网球跑到他面前，头发上还粘着绒毛。她把球递给格雷戈尔，脸上汗津津的。“小靴子，是什么让你这么高兴？”他问道。

小靴子答道：“球啊！”又用头去撞他的膝盖，让他赶快把球扔出去。格雷戈尔做了个鬼脸，把球扔到洗衣机和烘干机之间的走道里，小靴子便飞一样地蹿了出去。

游戏继续进行，格雷戈尔试着去想自己上次像小靴子一样开心地玩球，到底是什么时候，却一时想不起来。过去几年他都过得不错。市中学乐队在卡内基大厅进行表演，那次感觉最好。他还拿着萨克斯进行了一小段独奏。当他沉浸在音乐中时，音符似乎把他送入了一个不同的世界，一切都变得美妙起来。

跑步也不错。跑到极限，直到脑海中一片空白。

如果格雷戈尔不自欺欺人的话，他知道，自己已经好久没感受到真正的快乐了。“确切地说，是两年七个月零十三天。”他暗暗想道。他没有去刻意计算，这些数字就自动印刻在了他的脑子里。他身体里有个计算器，精准地计算着爸爸离开的日子。

小靴子应该过得很开心。爸爸走时，她还没出生。莉兹那时也才四岁。但格雷戈尔已经八岁了，一切都记得清清楚楚，包括警察打来的疯狂的电话。他们似乎觉得爸爸凭空消失是件无聊的事。很显然，他们都觉得爸爸跑掉了，他们在暗示爸爸和另一个女人跑了。

这完全是假话。爸爸深爱着妈妈，这点格雷戈尔再清楚不过了，他也爱自己和莉兹，也一定会爱小靴子的。

可是，他怎么一声不吭地就消失了？

格雷戈尔不愿相信爸爸会抛弃自己的家庭，连回来看一眼都不肯。“接受这个事实吧，”他自言自语道，“他已经死了。”

一股悲痛席卷过他的全身。不可能,这不可能是真的。爸爸一定会回来的,因为……因为……因为什么?因为格雷戈尔很想他,他就会回来?因为大家都需要他?“不,”格雷戈尔对自己说,“因为我能感觉到,我知道他正在回家的路上。”

洗衣机转着转着,停了下来,格雷戈尔将衣服塞进烘干机里。“等他回来后,一定会好好做一番解释的,一定会告诉我们他都去了哪儿!”他嘟囔着,关上烘干机的门。“说不定他的头被撞了,记不清自己是谁了。也有可能是被外星人绑架了。”电视上有很多人都被外星人绑架了,说不定这是真的。

他的脑子里想了好多种可能性,但在家里,大家从不提这件事。没人说他爸爸会回来,所有邻居都觉得他就这么跑掉了。成年人缄口不言,孩子们也从来不说——反正这里有一半的孩子都来自单亲家庭——这是条不成文的规定。只是陌生人有时会发问。格雷戈尔在解释了一年半后,最后编了个故事:父母离婚了,父亲现在居住在加利福尼亚州。人们似乎相信了,但又好像并没有完全相信。管不了那么多了。“等他回家后,我就把他带到……”格雷戈尔大声说着,突然又合上了嘴巴。他差点坏了规矩。他不能擅自遐想爸爸回家后的事。既然爸爸随时都有可能回家,格雷戈尔就不允许自己畅想未来。他总有个古怪的感觉:要是他假想一下未来,比如爸爸会在下一个圣诞节回来,或是爸爸回来后成了田径队的教练,这些美好想象就都不会实现了。况且,白日梦做得越美好,回到现实后就感觉越痛苦。所以格雷戈尔就给自己定了这么条规矩:思想只停留在现在,未来的事就交给未来。他知道这种想法不怎么高明,但却是他能想出的打发一天的最好方法。

格雷戈尔注意到小靴子突然没了声音,这太可疑了。他看了看四周,没找到她。他立马警觉起来。接着他在最后一台烘干机旁看见了一只磨坏了的粉色凉鞋。“小靴子! 赶快出来! ”格雷戈尔喝令道。

小靴子非常喜欢玩插头,因此只要她在电器旁,格雷戈尔就必须加倍小心。

格雷戈尔赶忙向洗衣房的另一端跑去，突然听见一声沉闷的金属响声,接着小靴子咯咯地笑了起来。“好极了,现在她在忙着拆烘干机了。”格雷戈尔边想边加快了步伐。当他走到远处的墙壁边时,一副奇怪的景象出现在了眼前。

通往旧通风管道的金属壁栏正打开着，上头挂着两条满是铁锈的锁链。小靴子正眯着眼睛往里张望着,这个通道约六十厘米见方,通往建筑的墙里。格雷戈尔从他站的地方看去,只能看见一片黑暗。还有一小缕……那是什么? 蒸汽? 烟雾? 看起来都不像。一股奇怪的气体从洞口飘了出来,萦绕在小靴子身上。小靴子好奇地伸手去抓,身体往前倾了过去。

“不! ”格雷戈尔大喊道,扑了上去,但通风管道好像把小靴子小小的身体吸了进去。格雷戈尔想都没想，一头就扎了进去。金属壁栏撞到了他的后背。他迅速往下坠落，坠落，掉进了一个空旷的地方。

2

格雷戈尔在空中转了转身体，这样他落到地下室的地板上时，就不会压到小靴子了。还未落地，他突然想起洗衣房就位于地下室。那他们到底要掉到什么地方去？

一缕缕的气体逐渐形成浓厚的迷雾，生成了苍白的光亮。格雷戈尔只能看见离自己两尺远的地方，他的手指绝望地抓着那些白色的东西，想握住一个当把手，但什么都抓不到。他正垂直下落，速度快得连衣服都被吹得膨胀了起来。

“小靴子！”他大喊道。刹那间，阴森的回声传到他的耳朵里。“这管道应该有边缘吧。”他这样想着，又大喊了起来，“小靴子！”

一阵响亮的笑声从格雷戈尔的下方传来，“格格……推

推！”小靴子喊道。

“她还以为自己在滑滑梯呢！”格雷戈尔想，“至少她还没害怕。”他非常为他们俩的安危担忧。不管他们掉进了什么怪洞里，总得有个底吧。在这个空间里不停转圈下落的过程，终归会结束的。

时间一分一秒地过去了。格雷戈尔说不上来到底过了多久，但时间真的长得让他觉得无聊透了。无疑，这个洞的深浅肯定有个限度。说不定到时候，他们就掉进水里或撞在地壳上了。

现在这个局面和他以前做的噩梦很像。他待在一个很高、本不该来的地方，一般都是学校楼顶，脚下坚硬的地面突然消失了，他就开始往下掉。随着下落，周围的一切都消失了，他在恐惧中，离地面越来越近。就在快撞上的一刹那，他从梦中惊醒，浑身是汗，心脏狂跳不止。

“肯定在做梦！我在洗衣房睡着了，又做了一个疯狂的梦！”格雷戈尔这么想着，“肯定是这样！要不还会有什么可能？”

一想到他在睡梦中，他就平静了不少。格雷戈尔开始估算他下落的距离。他没有手表，就靠感觉开始计时。

“一个密西西比……两个密西西比……三个密西西比……”等格雷戈尔数到第七十个密西西比时，他放弃了，恐慌再次袭来。就算在梦里，也是会着陆的，不是吗？

就在这时，格雷戈尔注意到浓雾开始变淡了。他看清了圆形旋转通道里平滑的黑色墙壁。他好像掉进了一根巨大的阴暗管子里。突然，一股气流从下面升起，吹散了几缕烟雾，格雷戈尔的速度减慢了，衣服又轻轻地贴回到身上。

他突然听见下面传来一声微弱的"啪嗒"声，接着又是一阵小靴子凉鞋发出的"啪啪"声。过了一会儿，他的脚就踩在了结实的地面上。他还未判断好方向，不敢乱动。周围一片黑暗。他的眼睛逐渐适应了这里的环境，在左侧发现了一道微弱的光线。

一个欢快的尖叫声从他背后响起，"虫虫！大虫虫！"

格雷戈尔向着亮光跑去。两堵平滑的石头墙之间有一条狭窄的口子，光线就是从那里透出来的，格雷戈尔只能勉强挤进去。球鞋不小心被什么东西绊住了，他失去了平衡，从两道墙中间摔了出去，手和膝盖同时着地。

当他抬起头后，发现了一只从未见过的巨型蟑螂。

之前，在格雷戈尔的公寓里也出现过几只大虫子。科尔马奇夫人声称，她发现了一只和她的手差不多大小的蟑螂，蟑螂正从浴缸的排水管里往外爬。没人对她的话产生怀疑。而相较之下，站在格雷戈尔面前的蟑螂更是夸张，至少有一米多高。是的，它正用后腿站立着，这种姿势对蟑螂来说太不正常了，但是……

“大虫虫！”小靴子又喊了起来。格雷戈尔赶忙捂住她的嘴。他跪在地上，往后退去，但仍不忘歪头打量眼前这庞然大物。只见它手里正拿着个火把似的东西。小靴子惊慌地躲在格雷戈尔身后，拽着他的汗衫的领子。“大——虫虫！”她强调道。

“是的，我看见了，虫子，大虫子！”格雷戈尔示意小靴子安静，他紧紧抱着她，“非常……非常……大。”

格雷戈尔努力思考着，蟑螂一般都吃什么。垃圾、腐败的食物……吃人吗？他觉得，至少不会吃小孩子吧！也许他们会吃人，但也应该先过来踩两脚。现在可不是思考这个问题的时机。

格雷戈尔装出一副轻松的样子，缓慢地向身后的石头墙退去。“好了，蟑螂先生，我们马上就走了，不好意思，我们打扰到你了……我是说我们扰乱了你……我们……”

“好闻，什么这么好闻？”一个声音嘶嘶说道。格雷戈尔花了一分钟时间，才反应过来是蟑螂在说话。他惊呆了，完全弄不明白他在说什么。

“呃……抱歉，能再说一遍吗？”格雷戈尔试探性地问道。

“闻起来好，是什么好闻？”嘶嘶的声音又来了，虽然话比较奇怪，但却不带威胁的口吻，只有好奇，还有一点点激动。“是一个小小的人类，对吗？”

“没事的，没事的，我只是在和一只巨型蟑螂对话而已。”

格雷戈尔心想，“镇静些，友善些，回答这只虫子的话。他想知道‘闻起来好，是什么好闻’就告诉他答案吧。”格雷戈尔强迫自己做了个深呼吸，但立马就后悔了，只有一个东西能散发出那种气味。

“我便便了！”小靴子好像在提醒他一样，“我便便了，格格！”

“我妹妹需要一块干净的尿布。”格雷戈尔尴尬地说道。

要是格雷戈尔没看错的话，蟑螂似乎很惊讶。“啊啊，我们走近一点，好吗？”蟑螂说道。然后，他伸出一条腿，优雅地扫了扫面前的地面。

“我们？”格雷戈尔问道。接着他看到其他形态的生物从黑暗中走了出来，围在他们身边。原来是几只巨型蟑螂，格雷戈尔刚才还以为那是平滑的黑色石头墙呢。他们热切地聚集在小靴子身边，激动地挥舞着触须，高兴地抖个不停。

小靴子对恭维来者不拒，她立马就知道他们都很崇拜她。她向蟑螂们张开圆鼓鼓的手臂。“我便便了。”她优雅地说道。蟑螂们立马发出了赞赏的嘶嘶声。

“她是公主，地上人，她是吧？她是女王，是吗？”领头的蟑螂像奴仆般垂下头，问道。

“小靴子？女王？”格雷戈尔问道，禁不住大笑起来。

这个声音似乎让蟑螂们感到很不愉快，他们僵硬地向后退去。"笑，为什么？地上人，笑，为什么？"一个声音嘶嘶地问他。格雷戈尔立刻明白了，他冒犯了他们。

"因为，我们……呃，都是穷人，她有点脏……而且你叫我'地上人'？"他蹩脚地问道。

"地上人，你不是，是吗？你不是。"那个拿着火把的蟑螂凑了过来，看着格雷戈尔，"你看起来像，但闻起来不像。"

领头的蟑螂似乎突然明白了什么。"老鼠真坏。"他对着手下们说道，"让地上人待在这儿，我们走？"蟑螂们立马向他靠拢过去，像开大会一样，说起话来。

格雷戈尔听到了只言片语，但弄不明白是什么意思。他们正热烈地争辩着，这让格雷戈尔再次有了逃跑的念头。他看了看周围。在昏暗的火把下，他发现他们好像身处一个扁形的长隧道里。"我们得往后退，"格雷戈尔想，"不能往旁边走。"他要是抱着小靴子，永远都没办法从长长的管道爬回洞口。

蟑螂们做好了决定，又走了过来。"你们跟我们来，地上人。带你们到人类那去。"领头的说道。

"人类？"格雷戈尔舒了一口气，"这里还有别人？"

"骑，你，骑？跑，你，跑？"一只蟑螂问道。格雷戈尔立即明白了他的意思，他要载自己一程。只是他的身体看起来不够结实，似乎载不了格雷戈尔。不过他知道，有的昆虫，比如蚂蚁，能负重比自己身体重好多倍的东西。他想象着自己坐在蟑螂身上，把蟑螂压扁。那画面真让人觉得恶心。

“我想我还是走吧——嗯，应该是跑。”格雷戈尔答道。

“骑，公主，她骑吧？”那只蟑螂充满希望地问道。他讨好地摇摆着触须，在小靴子面前趴了下来，肚子紧贴着地面，身体一下子变平了不少。格雷戈尔刚想拒绝，小家伙就径直爬到了蟑螂的背上，他早就应该料到妹妹的这一举动。在中央动物园玩的时候，小靴子就非常喜欢骑在金属大乌龟上。

“行，但她一定要抓着我的手。”格雷戈尔说道。小靴子立马顺从地抓住了他的手指头。

蟑螂出发了，格雷戈尔发现自己得一路小跑，才能跟上他们的步伐。以前看妈妈打蟑螂的时候，他就知道这种生物动作很快。显然，这些大型蟑螂的速度也很惊人，尽管身形庞大，跑起来却能和那些小蟑螂媲美。幸好隧道里的地面平整，格雷戈尔几周前刚结束田径训练。他调整好步伐，很快就以较舒服的节奏跑了起来。

隧道突然多了很多转弯。蟑螂们改变路线，跑进了侧行道里，有时还掉个头，选个新路线重新开始。格雷戈尔绝望地发现自己迷路了，跑过的小道在他脑海里形成了弯弯曲曲的画面，这让他想起了小靴子平日里的涂鸦。他一边努力记住方向，一边紧跟在这些虫子旁边。“老天啊，”他想，“这些虫子真能跑啊！”格雷戈尔气喘吁吁，蟑螂们却未显出一丝疲惫。他不知道自己究竟跑了多远,目的地似乎离他们还有一百里远。鬼才知道这些东西究竟能跑多久!

就在格雷戈尔准备告诉蟑螂们他想休息时，一声熟悉的咆哮声传来。一开始他还以为自己听错了,但离声音越近,他就越能确定。听起来好像有一大群人,个头都很大。但这种隧道里怎么可能装得下那么多人?

地面突然出现了一个大斜坡，格雷戈尔不得不用脚后跟用力踩地,才能避免踏到领头的蟑螂身上。有个轻柔似羽毛的东西从他的脸上、胳膊上拂过。布?翅膀?他从一团东西中跑了过去,一道刺眼的光线射了过来,他本能地盖住双眼,以便适应那强烈的光线。

人群那边传来了喘息声,他的判断没错。周围突然奇怪地安静下来,他感觉到,正有无数双眼睛看着自己。

格雷戈尔试图弄清楚周围的环境。这里其实并没有那么亮——事实上，现在好像已经是晚上了——只不过他刚在黑暗中待的时间太长,已经分不清昼夜了。他最先看清楚的是地面,上面好像覆盖着一层满是灰尘的青苔。地面并不平整,但却像人行道一样光滑。格雷戈尔觉得脚下的地很有弹性。"是田径场。"他想,"应该是为了什么比赛建的。怪不得这里有那么多人,原来是在体育馆里啊。"

渐渐地,他看清了周围的一切。精致的墙环绕在周围,形成了约十五米高的环形穴状建筑，上层则是环绕在体育馆内的露天看台。格雷戈尔的目光从一排排的人身上越过，寻找顶棚。他没发现顶棚，却看到了运动员。

一群蝙蝠正缓慢地在体育馆上空绕着圈飞行。他们按颜色排列，从淡黄色到黑色。格雷戈尔估计，最小的蝙蝠展开翅膀，估计也有四米多长。他进来之前，人们一定在看蝙蝠的飞行表演。因为体育馆里除了蝙蝠，别的什么都没有。“也许这里和罗马一样，他们把人喂给蝙蝠吃。说不定蟑螂把我们带来就是为了这个目的。”他猜想。

一只蝙蝠身上突然掉下一样东西，落在体育馆地面中间，又弹了起来，离地面大概十五米高。格雷戈尔暗想道：“哦，这不过是一个……”

“球啊！”小靴子大喊道。他还没来得及制止她，小靴子就从蟑螂背上滑了下来，穿过蟑螂队伍，歪歪扭扭地跑了过去，扁扁的小脚在长满苔藓的地上迈着大步。

“最优雅，公主……”格雷戈尔急忙去追小靴子，却听见一只蟑螂梦呓一般的赞美声。虫子们轻松地挪开步伐，让小靴子通过，但却给格雷戈尔造成了不少障碍。他们要么是在故意拖慢格雷戈尔的步伐，要么就是被小靴子惊人的美貌吸引，完全忘记了格雷戈尔的存在。

球再次落到地面，又弹回到空中。小靴子在后面追着，手高高举过头顶。

格雷戈尔终于摆脱了蟑螂们，跑到了妹妹后面，一个阴影从他身上掠过。他抬头一看，心里满是恐惧——一只金色的蝙蝠正径直向小靴子俯冲过去。他没抓到妹妹，只能着急地大喊道：“小靴子！”胃里一阵紧缩。

小靴子转身面向格雷戈尔，却一眼看到了蝙蝠。她的脸上立马神采飞扬，好像被点亮的圣诞树。“蝙蝠！”她指着头顶那个古怪又丑恶的动物，大嚷道。

“上帝啊！”格雷戈尔想，“难道世界上就没有什么能吓到她吗？”

蝙蝠一个俯冲，从小靴子头顶上掠过，腹部的皮毛轻轻擦过小靴子的手指，接着在天空中划过一道完美的弧线，冲向看台上方，蝙蝠翻过身子背部朝下，格雷戈尔这才注意到，它的背上还坐着一个人。那人的腿缠在蝙蝠的脖子上——居然是个女孩。

女孩头朝下，松开双腿，从蝙蝠背上落了下来。她一个完美的直体后空翻，像猫一样轻盈地落在了地上，正好站在小靴子面前。她伸出一只手，球正好掉进她的手心里——这若不是时间计算精确，就是运气太好。

格雷戈尔看着女孩，那张脸上写满了傲慢。他心里暗暗叫苦，他们这回可是运气欠佳。

3

老实说，这女孩是格雷戈尔目前所见过的样子最怪的人。她肤色苍白，几乎能让人一眼看清皮肤下的血管。格雷戈尔不禁想起科学书本上有关人类解剖学的那章——翻开一页，满眼都是骨头。再翻一页，全是消化系统。这女孩完全就是个会行走的人体解剖图！

一开始，他以为女孩的头发和奶奶的一样都是灰白色的。但事实并非如此，她的头发看上去更接近银白色，但又有一种金色闪耀其中。头发被扎成复杂的辫子，垂在后背，塞进了腰带里。女孩头上戴着一条金色的带子，也许是发箍吧，但格雷戈尔总觉得那是皇冠。

女孩站得笔直，左嘴角边挂着一丝笑意，格雷戈尔看得出来，女孩的掌控欲很强，但他并不想受她支配。虽然格雷戈尔比她高十五厘米左右，但她还是试图用俯视的眼神看他。她真的很骄傲。格雷戈尔以前也认识这种女孩，每当遇见这样的女孩，妈妈总会评价说“她很骄傲”，然后摇摇头。但格雷戈尔看得出来，妈妈对这种女孩很是赞赏。

但是，骄傲和耀武扬威可是两码事。

格雷戈尔觉得，她指挥蝙蝠搞这么一出，完全是为了捉弄他。飞一次就已经够了，她在用这种方式吓唬他，不过他的胆子可没那么小。格雷戈尔紧盯着女孩的眼睛，发现她的瞳孔里居然闪着淡淡的紫色。他稳住自己。

要不是小靴子的干涉，两人之间的这种凝视不知还要持续多久。她推了那个女孩一把，差点把她撞倒。女孩摇晃着后退了一步，狐疑地看着小靴子。

小靴子灿烂地笑着，伸出一只胖胖的小手，“球球？”

女孩单膝跪下，把球递到小靴子面前，但手仍然紧紧地抓着球。“是你的，你才能拿走。”她的声音和她的眼神一样，冷漠、清晰、陌生。

小靴子想去抓那个球，但女孩不肯松手。小靴子疑惑地扒着她的手指，“球？”

女孩摇摇头，“你必须比我强大或聪明才能拿到球。”

小靴子抬头看着女孩，好像注意到了什么，她伸出手指，指着女孩的眼睛，“紫——紫！”她喊道。女孩突然往后退了一步，将球丢在地上。小靴子赶忙爬了过去，一把抓起球。

格雷戈尔忍不住说道：“我想，还是她比较聪明。”这话有点刻薄，但他很不喜欢女孩捉弄妹妹的方式。

女孩眯起眼睛，“你却一点儿也不聪明，你怎么能对女王这样说话？”

看来他想得没错：她的确是个贵族。说不定她现在很想把他的头砍掉吧。但若此时露怯，可不是什么明智之举。于是，他耸耸肩，“不，要是我早就知道你是女王，我肯定会说些更酷的话。”

“更酷？”她不解地扬起眉毛问道。

“就是更好的意思。”格雷戈尔答道。他没法用一个更酷的词来解释。

女孩决定把他这番话当做道歉词。“不知者无罪，你叫什么名字，地上人？”

“我叫格雷戈尔，她叫小靴子。”他指着妹妹说道，“其实她的真名是玛格丽特，但到冬天的时候，她喜欢偷别人的靴子穿着到处跑，我们就喊她小靴子了。而且我爸爸最喜欢的一个音乐家也叫这个名字。”这解释让格雷戈尔自己都昏了头，“那你叫什么名字？”他问道。

“我是卢克萨女王。”女孩说道。

“卢克——萨？”格雷戈尔重复道。

“这婴儿说的话是什么意思？什么紫紫？”她问道。

“她说的是紫色，这是她最喜欢的颜色。你的眼睛是紫色的，她以前从没见过紫色的眼睛。”格雷戈尔解释道。

小靴子听见“紫色”这个词，赶忙举着小手跑过来，那上面还留着记号笔画过的痕迹。“紫——紫！”她叫道。

“我以前也没在人类身上看见过棕色的眼睛。”卢克萨看着小靴子的眼睛说道，“这个也没见过。”她握住小靴子的手腕，抚摸着她浅棕色的光滑皮肤，“肯定要晒很长时间的太阳才行。”小靴子浑身发痒，咯咯地笑了起来。卢克萨故意挠着小靴子的下巴，逗她发笑。在那一刻，卢克萨放下了架子，让格雷戈尔觉得也许她并没有想象中的那么坏。接着她便直起身来，又恢复了傲慢的架势。“那么，地上人格雷戈尔，你和你的宝宝都必须去洗个澡。”

格雷戈尔知道，由于自己一直在隧道里奔跑，浑身都是汗臭味，但这话听起来确实很不悦耳。“我们应该走了。”

“走？去哪儿？”卢克萨惊奇地问道。

“回家。”他答道。

“带着这个气味还想回家？”卢克萨说，“就算知道怎么走，你们还没到隧道那边就已经死了三次了。”她看出格雷戈尔没明白她的意思，“一闻就知道你们是地上人，这样很不安全，对我们也不安全。”

“哦,”格雷戈尔觉得自己笨头笨脑的,“那我们还是先洗个澡再回家吧。”

“没你想象得那么容易,我会让维库斯跟你们解释的。”卢克萨说,“你们今天很走运,很快就被发现了。”

“你怎么知道我们很快就被发现了?”格雷戈尔问道。

“你们一落地,我们的瞭望台就发现了。是爬虫发现你们的,于是我们就派他们出去找你们了。”她说。

“我明白了。”格雷戈尔说。可瞭望台在哪儿?藏在昏暗的隧道里吗?还是躲在他穿过的那阵迷雾里?在到达体育馆前,他除了蟑螂什么都没瞧见。

“他们为以防万一,就出发去找你们。”卢克萨指了指蟑螂们,“看到了吗,他们还带着火把,他们要不是想来找我们,是不会带的。”

“为什么?”格雷戈尔问道。

“这些爬虫不需要光线,他们之所以带着火把,就是为了表明他们的诚意。你没想过,你为什么这么容易就到这儿了吗?”她问道。没等格雷戈尔回答,她就转身对着蟑螂们,他们正耐心地站在一旁。“爬虫们,你们想用地上人和我们交换什么?”卢克萨问道。

领头的蟑螂疾步爬上前来。“你给五篮,给不给?”他嘶嘶问道。

“我们只给你们三篮谷粒。”卢克萨答道。

“老鼠给很多鱼。”蟑螂故作轻松地抽动触角，讨价还价。

“那你把他们带到老鼠那儿去吧，他们不会有时间的。”卢克萨态度强硬。

格雷戈尔完全不明白他们在说什么，但他隐约觉得自己正在被估价，这让他心神不宁。

虫子再次考虑了一下卢克萨的报价。“四篮，给不给？”他说。

“我们给你四篮，再加一篮，表示感谢。”一个声音从格雷戈尔身后传来。他转身，看见一个留着胡子、肤色苍白的年长男人正向他们走来。他一头短发，那颜色是真正的银白色，而不是浅金色。

卢克萨看着老人，但没有反驳。

蟑螂费力地抬起四条腿，又抬起另一条，做了番计算。“你们给五篮？”他似乎觉得自己应该重新报个价。

“我们给你们五篮。”卢克萨有些不耐烦，她简单地向蟑螂行了个点头礼。蟑螂也回敬了一下，接着就和其他蟑螂一起逃命似的跑掉了。

“要是什么都由维库斯做主，我们很快就没东西可给了。”女孩抱怨着道，态度尖锐，但大胡子的注意力则完全在格雷戈尔和小靴子身上。

“他物超所值，多付一篮没什么。”大胡子回应道。他一双紫罗兰色的眼睛专注地看着格雷戈尔，“地上人，告诉我，你是不是从……”他思考着确切的词，“纽约来的？”

4

格雷戈尔好像被当头泼了一盆冷水，一下子回到了现实世界。自从他跌到墙洞里后，事情发展得太快了，他一直在努力调节自己，以便适应这里的节奏。而现在在这短暂的平静里，“纽约”这个词像闪电一样击中了他。

是的！他是一个住在纽约城里的孩子，今天必须把衣服洗好，在妈妈回家之前要把小妹妹带回楼上去——啊！妈妈！

“我现在必须回家了。”他脱口说道。

格雷戈尔的妈妈在一家牙科诊所的办公室里做接待员，一般都是下午五点下班，五点半到家。要是她回家后发现格雷戈尔和小靴子都不见了，肯定会急死的——特别是在爸爸也失踪的情况下。格雷戈尔努力地想弄明白，自他走进洗衣房，时间已经过去多久了。“我们往下掉了……嗯,大概五分钟吧,然后和蟑螂一起跑了二十分钟左右，之后就在这儿待了大概有十分钟吧。”他暗自计算着,一共是三十五分钟。

“好,也就是说衣服差不多都干了！”他大声说道,“要是我们二十分钟后出现在那里,就万事大吉。”现在还不会有人想着要找他们,他可以赶快回去,把衣服取出来,回公寓叠好。

“真的,我必须马上回去了。”他对维库斯说道。

老人仍在仔细地打量着他,“掉下来很简单,但想要再上去可要费很大力气了。”

“这话是什么意思？”格雷戈尔的喉头发紧。

“他的意思是,你不能回家。”卢克萨冷淡地说道,“你必须和我们一起,待在地下王国。”

“哦,不！不,谢谢你的盛情！”格雷戈尔说,“你们都很好,但我还有事情要做……上面还等着我。再次谢谢你们的好意！很高兴见到你们！咱们走吧,小靴子！”

格雷戈尔从地上抱起妹妹，向蟑螂们离开的那个拱形开口走去,眼睛余光却瞥见卢克萨抬起了手。一时间他以为她在跟他挥手道别。但不可能啊,卢克萨可没友好到对他挥手的地步。“如果不是挥手,那她就是在发信号！”他低声对小靴子说,立刻拔腿向门口冲去。

他若不是怀里抱着小靴子,恐怕已经冲出去了,抱着孩子真的跑不起来。离出口还有几米时，一只蝙蝠飞到他面前，把他撞倒在地。小靴子也掉了下来，格雷戈尔正好做了妹妹的人肉垫子。小靴子就坐在他肚子上，欣赏着这场表演。

体育馆里所有的蝙蝠都向他们俯冲过来。它们紧紧围绕着格雷戈尔和小靴子，把他俩困在了由翅膀和毛发构成的牢狱里。每只蝙蝠背上都坐着一个和卢克萨一样肤色苍白、头发为浅金色的人。尽管蝙蝠之间的距离很近，速度也很快，但上面的人都坐得稳稳的。事实上，根本没几个人是坐在什么骑具上——一个趾高气扬的家伙，甚至躺在一只毛发光滑的黑色蝙蝠背上，还用一只手撑着脑袋。

骑手们紧盯着俘虏。当他们从格雷戈尔身边一闪而过时，他在他们的脸上看到了不同的神色，好奇的、幸灾乐祸的，甚至充满敌意的。

小靴子在格雷戈尔的肚皮上蹦跳着，拍着小手大喊："蝙蝠！蝙蝠！蝙蝠！蝙蝠！"

"好吧，至少我们中还有个人乐在其中。"格雷戈尔无奈地想。

小靴子非常喜欢蝙蝠。在动物园时，只要格雷戈尔不拦她，她能在关着蝙蝠的大玻璃房前站上好长一阵子。在黑暗的小陈列柜里，几千只蝙蝠轻快地飞着，却不会撞到同伴，这都是因为它们的身体有回声定位功能。它们能发出某种声波，声波撞击到物体会被反弹回来，这样蝙蝠就知道物体所在的位置了。格雷戈尔在等小靴子看蝙蝠时，把那张介绍回声定位的卡片读了不下一千万遍，他觉得自己都快成为这方面的专家了。

“蝙蝠！蝙蝠！蝙蝠！”小靴子把哥哥的肚子当成蹦床，一边上下跳，一边像唱歌一样大喊着。格雷戈尔觉得一阵恶心，赶忙用手撑地，坐了起来，把她放在一旁。他最不希望发生的事就是在这帮人面前呕吐了。

格雷戈尔站起身来，小靴子抱着他的膝盖，靠着他。蝙蝠的包围圈收紧了，离他们距离更近了。“干什么？怕我逃跑吗？”格雷戈尔恼怒地吼道。他听见有几个人笑了起来。

卢克萨一定又发了另一个信号，蝙蝠们一下子散开了，在体育馆上空盘旋飞行。格雷戈尔发现，卢克萨和维库斯都静静地立在原地，一步未动。他看着出口，知道是没有指望了。但是……这些人也太自鸣得意了吧！

格雷戈尔向出口处猛冲了三步，接着一个转身，牵着妹妹的手，快步向卢克萨走去。蝙蝠们先是吃了一惊，保持的阵型一下子散了，纷纷朝出口飞去，但却扑了个空，它们尴尬地朝空中直飞上去。蝙蝠们虽然乱作一团，但相互之间并未发生碰撞，倒是骑在蝙蝠身上的地底人，一脸狼狈，努力保持着平衡，格雷戈尔觉得满意极了。

自格雷戈尔出现后，看台上一直保持沉默的观众此时爆发出一阵赞赏的笑声。格雷戈尔顿觉信心大增。至少他不是唯一一个被愚弄的人。“他们被我捉弄了。”他悄声对小靴子说。

卢克萨目光冰冷,但维库斯的眼睛里却隐藏着笑意。他向格雷戈尔走过来。“你跟他们说了洗澡的事吗?”他问卢克萨。

“你们现在就去宫殿吧。”卢克萨恼怒地说道。她打了个响指,金色蝙蝠立马飞到她身后。就在蝙蝠快撞上她时,卢克萨踮起脚尖,凌空一跳,同时两腿分开,优雅地落在蝙蝠身上。格雷戈尔以前似乎看见过一个拉拉队员这么做过。蝙蝠腾空而起,紧贴格雷戈尔的头皮飞过,消失在体育馆的上空。

“你别浪费时间了!”格雷戈尔大喊道,虽然卢克萨已听不见他的话。他暗暗生自己的气,因为他不得不承认,这女孩的确有两下子。

维库斯听到他的话,脸上的笑容更深了。格雷戈尔生气地看着老人,问道:“现在干吗?”

“你跟我们一起去宫殿吗,地上人?”维库斯礼貌地问。

“以什么身份去?囚犯吗?”格雷戈尔莽撞地反问他。

“以客人的身份,我希望是这样。”维库斯回应道,“尽管我很确定女王卢克萨已经吩咐下去,让人帮你准备好地牢了。”他紫罗兰色的眼睛闪着戏谑的光。格雷戈尔发现自己居然喜欢上了这个老人，也许是因为他确定老人也很喜欢他的缘故吧。格雷戈尔抑制住想笑的冲动。

“带路吧。”格雷戈尔冷冷地说道。

维库斯点点头，向运动场远处招了招手。格雷戈尔牵着小靴子，跟在他后面，两人隔开了几步距离。

观众席渐渐变空了。高高的露天看台上的人们正从出口处鱼贯而出。蝙蝠们还在体育馆里绕圈飞翔，顺着气流做着各种动作。不论刚才在举办什么比赛，都已经在格雷戈尔到达的时候结束了。蝙蝠和它们背上的骑手们还在空中盘旋着，密切注视着格雷戈尔。

当他们靠近体育馆的主入口时，维库斯放慢脚步，走在格雷戈尔的身侧，问道：“地上人，你一定觉得自己被困在梦里了吧？”

“我觉得这是个噩梦。”格雷戈尔平静地说。

维库斯轻声笑了，“我们这有蝙蝠和爬虫——不对，你们叫他们什么？长螂？”

“是蟑螂。”格雷戈尔纠正道。

“啊，是的，蟑螂。”维库斯点头同意，“在地上，他们体型很小，可在这儿都是大个子。”

“你怎么知道的？你去过地上的世界？”格雷戈尔问道。如果维库斯能上去，那他和小靴子也能回去。

“哦，并没有，这种机会就像地下城的树木一样稀缺，不过地上人会时不时地跑下来。我见过六七个。一个叫弗瑞德·克拉克,还有一个叫米奇,最近来的一个女人叫可可。你叫什么名字,地上人?”维库斯问道。

“格雷戈尔。他们还在这儿吗?别的地上人还在这儿吗?”格雷戈尔激动地问。

“很遗憾,不在了。这里的条件对地上人来说很艰苦。”维库斯的脸色黯淡下来。

格雷戈尔停下脚步,把小靴子抱起来,“你们把他们杀死了吗?”

“我们?我们人类杀死地上人?我了解你们的世界,邪恶思想横行。但我们这里可不会为了好玩就大开杀戒!”维库斯严肃地说道,“今天是我们接纳了你们,若不是我们,你们连怎么死的都不知道!”

“我不是指的你……我是说,我不知道这里到底是怎么回事。”格雷戈尔结结巴巴地说。他其实早该料到,他的这种想法对地底人来说是一种侮辱。“那么蟑螂会把我们杀死吗?”

“爬虫杀你们?”维库斯说道,“不,他们不会有时间的。”

这句话有点费解,那他们有时间又代表了什么意思?

“可没人知道我们到这儿来了啊。”格雷戈尔说道。

维库斯严肃地看着他,脸上的表情也由愤怒转为关切。“相信我吧,孩子,等时候到了,地下王国的所有生物都会知道你们在这儿的。”

格雷戈尔克制住自己想回头看的冲动。“那这不是好事，是吗？”

维库斯点点头，“是的，不管从什么角度看，都不是什么好事。”

老人向体育馆的出口走去。一队同样长着紫色眼睛、皮肤苍白的护卫立在一扇巨大的石门两侧。他们合力把门推开一道空隙，让维库斯通过。

格雷戈尔领着小靴子一同穿过大门，他们刚一过去，大门就关上了。他跟在维库斯后面，走进一条隧道，隧道两旁插着石头做的火炬。隧道前端是一道拱门，黑漆漆的，里面传来翅膀拍打的声音。格雷戈尔想，这里肯定有很多蝙蝠，但走近一看，却是一团团的小黑蛾子。他跌进体育馆时，是不是就是撞上它们了？

维库斯用手轻拍这些昆虫。“这些蛾子构成了地下王国特殊的报警系统。一有入侵者出现，它们的飞行模式就会发生改变。附近的蝙蝠就会立刻感应到。这原理很简单，但我觉得很完美。”说完，维库斯就消失在了蛾子群里。

在重重翅膀后面，格雷戈尔听到了他的召唤。“地上人格雷戈尔，欢迎来到王之城！”

格雷戈尔低头看看小靴子，发现她正一脸疑惑地看着自己。“回家,格格？”她问道。

他抱起妹妹，安慰似的紧紧抱着她——希望这正是她需要的。“宝贝,现在还不是时候。我们有些事情要做,做完了就能回家了。”

格雷戈尔深深地吸了一口气,一头扎进了蛾子堆里。

5

当柔软的翅膀拂过格雷戈尔的脸颊时，他第一次看到了王之城的模样。“哇！”他惊呼道,不由自主地停下了脚步。

格雷戈尔不知道自己期盼看到什么。可能是石头堆砌成的小房子，抑或是阴暗潮湿的洞穴——总之是比较原始的东西。但在他眼前的这座波澜壮阔铺陈开的城市,却一丝原始的痕迹都没有。

他们站在山谷边上,山谷里的建筑气势宏大,美轮美奂。纽约因其恢宏的建筑、优雅的褐色砖墙、高耸入云的摩天大楼、辉煌壮美的博物馆而闻名,但与王之城相比,纽约城的建筑布局却显得非常杂乱，仿佛是被人随意堆起的一排排形状古怪的盒子。